Para Audrey, Frank, Liz, Janice,
Rebecca, Sarah y Ulla:
el equipo de Andersen.

EDICIONES
ekaré

Traducción: Carmen Diana Dearden y Mª Francisca Mayobre

Primera edición, 2005

© 2005 David McKee
© 2005 Ediciones Ekaré

Edif. Banco del Libro, Av. Luis Roche,
Altamira Sur, Caracas 1062, Venezuela.
www.ekare.com

Publicado originalmente en inglés por Andersen Press Ltd, Londres, Inglaterra
Título Original: *Three Monsters*

ISBN 980-257-317-5
HECHO EL DEPÓSITO DE LEY
Depósito Legal lf15120058002557
Impreso en Singapur por Tien Wah Press

TRES MONSTRUOS

DAVID McKEE

Ediciones Ekaré

Había una vez dos monstruos que vivían en un lugar entre la selva y el mar, un lugar cubierto de rocas.

Todos los días uno de los monstruos decía:

–Deberíamos deshacernos de estas rocas.

Y todos los días el otro monstruo contestaba:

–Sí. Mañana, quizás.

Y entonces se reían.

Eran unos monstruos muy perezosos.

Un día, mientras contemplaban el horizonte,
el primer monstruo dijo: –¡Mira! Un bote.
–Con algo adentro -dijo el otro.

El bote se acercó y se acercó hasta que por fin tocó tierra.
De adentro saltó un monstruo amarillo.
–¡Asco! -exclamaron al mismo tiempo los dos monstruos.

–Oh, Honorabilísimas y Gallardas Señorías -dijo el
monstruo amarillo-. Un terremoto ha destruido mi tierra.
Busco un lugar donde vivir.
–Aquí no, canario cabezón color de caca -dijo el primer
monstruo-. Lárgate.

–Oh, Gloriosas Gentilezas, sólo un poco de espacio, por favor -dijo el monstruo amarillo-. Puedo ser útil a sus Majestades. –¡Esfúmate! -gritó el segundo monstruo-. Aquí no queremos ningún bicho raro.

–Espera un minuto -secreteó el primer monstruo-. Dijo *útil*.
Y le dijo al monstruo amarillo: –Aguántate cara de mostaza.

Los dos monstruos se fueron a cuchichear detrás de unas
rocas. No se dieron cuenta de que el monstruo amarillo se
había acercado a escuchar.

–Ese amarillo tonto puede botar las rocas al mar con su bote
-dijo el primer monstruo.
–Pero querrá un pedazo de tierra a cambio -dijo el otro.

–Por supuesto -respondió el primer monstruo-. Y se la daremos.
La tierra que él mismo se ha llevado: las rocas.

El monstruo amarillo escuchó todo y rápidamente volvió a su sitio.

Los dos monstruos regresaron. –Está bien amarillento dolor de panza con patas -dijo el primero-. Limpia este lugar de rocas y te daremos algo de tierra.

–¡Oh, Majestuosas Maravillas! ¿De verdad? ¿Palabra de monstruo? -preguntó el monstruo amarillo.

–Palabra de monstruo -respondieron a coro los otros dos.

El monstruo amarillo enseguida puso manos a la obra. Era muy fuerte.

Mientras tanto, los dos monstruos perezosos se sentaron
a la orilla de la selva a esperar.

Días más tarde, el monstruo amarillo fue a buscarlos y dijo:
–Oh, Deslumbrantes Monstruos, he quitado las rocas, pero
el suelo está desnivelado. ¿Lo aplano?
–Obviamente -dijo el segundo monstruo-. Y de paso
limpia la orilla de la selva.

El monstruo amarillo siguió trabajando, sacando tierra y plantas.

Luego el monstruo amarillo regresó otra vez.

–Oh, Agraciadísimas y Honorables Realezas -dijo-. Todo está hecho. ¿Me darán ahora la tierra prometida?

–Claro bestia bellaca -dijo el primer monstruo-. Una promesa es una promesa. Todo lo que te llevaste es tuyo: las rocas, la tierra, las plantas. Todo.

–¡Oh, felicidad de felicidades! ¡Maravilla de maravillas! Mi propia tierra -dijo el monstruo amarillo-. Gracias sus Magnificencias. Y se alejó bailando hacia el mar.

Los dos monstruos se miraron sorprendidos.

–Está completamente chiflado -dijo el segundo monstruo. Entonces lo siguieron.

Cuando los dos monstruos llegaron al mar vieron al
monstruo amarillo en su bote navegando hacia una isla.
Se quedaron boquiabiertos.
–Eso no estaba ahí antes -dijo el primer monstruo-.
Ha debido construirlo de la tierra que le dimos.

–Oye pollito sabelotodo -gritó el segundo monstruo-.
¿Podemos ir a visitarte?

–Será un placer, sus Beldades -dijo el monstruo amarillo-.
Siempre que yo pueda visitarlos a ustedes también.